푸른 돌밭

푸른 돌밭

최정 시집

한티재

차 례

2부 미처 알지 못했다

3부 그래도 서운하지 않았다

1부 나는 독해졌다

뱀

나는 독해졌다

감자밭에 똬리 튼 독사 한 마리
쇠스랑으로 죽여 버렸다

뱀만 보면 기겁해 달아나던 내가
난생처음 뱀을 죽였다

알 굵어지라고 웅덩이 물 끌어다
긴 가뭄에 지켜낸 감자

여기서 물러설 순 없다

내장이 터지고 머리가 납작해지도록
내리치고 또 내리치다가
등에 소름이 돋는다

축 늘어진 독사의 주검처럼 슬퍼졌다

매미의 등

한 꺼풀
허물 벗는 데
산골 생활 다섯 해가 걸렸다

간질간질하던 매미 등이
허물을 벗으면 후련해서
첫울음이 저절로 터지는 줄 알았다

그 등이 아픈 줄은 여태 몰랐다

빛

골짜기 끝에서 환한 빛이
아지랑이처럼 일렁였다

홀로 늙어가도 서럽지 않을 만큼
아늑했다

첫해 농사를 짓고서야 알았다

환한 빛의 정체는
밭 전체를 덮었다 노랗게 마른
바랭이 풀

초보 농부를 비웃듯
마디마디 뿌리를 내리고
집요하게 밭을 점령해 갔다

뽑다 지쳐 콩밭은 아예 풀밭이 되었다

풀 더미 속에서
용케 여문 단호박을
보물찾기 하듯 발로 밟아 찾아냈다

그렇게 첫해가 지나고
노랗게 마른 풀빛이라도 좋았다

홀로 늙어가도 서럽지 않을 만큼
따스했다

푸른 돌밭

가느다란 손가락을 장갑 속에 숨기고
나의 돌 줍기는 시작되었다

작물이 편히 다리 뻗으라고
마음 다잡으며 큰 돌을 주워냈다

큰 눈이 몇 차례 지나고
손마디가 제법 굵어졌다

감자가 점점 둥글어지고
고구마는 길쭉하게 몸을 불리기 시작했다

티끌 모아 태산이라더니
언덕을 쌓을 만큼 주워내자
호박넝쿨이 힘차게 뻗어가기 시작했다

넝쿨마다 넓은 잎이 부풀어 올라
푸른 돌밭이 되었다

>

그 많은 돌들은 골짝 하늘로 올라가
별이 되어 박혔다

돌탑

하고많은 땅 중에
돌밭 주인이 된 것은 숙명일지도 몰라

농사의 시작과 끝을 치르는
나만의 무슨 중요한 의식처럼
또 큰 돌을 주워낸다

돌을 주워낼 때마다
왜 무작정
속죄하는 마음이 드는 걸까

먹고살겠다고
이 땅에 흘린 허물
주워 담는 기분이 드는 걸까

차갑고 모난 돌들도
서로 등 비비고 모여 있으면
모난 귀퉁이 둥그러질지도 몰라

>

한 십 년쯤 농사를 짓고
한 십 년쯤 돌을 주워낸다면

모난 귀퉁이 아프게 깎여
내 안에 어리석도록 투박한
둥근 돌탑 하나 쌓을 수 있을지도 몰라

사주팔자 四柱八字

얕게 한번
강헌의 좌파 명리학을 읽고
연월일시 8자를 뽑아보았다

단박에 보이는 건
얻은 건 예술적 재주요, 잃은 건 결혼할 운이라
그것도 변방의 재주구나

대학을 일 년 다니고 이유 없이 휴학해 버리자
엄마는 부리나케 읍내 철학관을 다녀왔다

너는 억지루 결혼시키믄 안 된다 하드라
그냥 간섭하지 말구 맘대루 살게 두래
그리구 뭐? 암튼 뭐든 늦디여

그날 이후 내 청춘은
간섭당하지 않고 멋대로 날뛰었다

8자에 정신없이 이어지는
격렬한 물과 불의 충돌로
날뛰던 청춘은 가랑이가 찢어졌다

사람은 다, 지 팔자대루 사는 겨

이 말을 한 귀로 흘리고
늦깎이 산골 농부가 되었다
물·불 사이에 흙을 쌓아 나만의 땅을 만들었다

아슬아슬한 경계에서 시를 쓰기로 했다

무섭지 않아?

혼자 무섭지 않아?

골짝 끝에 산다고 하면
다짜고짜 이렇게 물어본다

뭐가 무서워?
세상에서 사람이 젤 무섭지

낮은 산이 둘러싸면
어둠마저 이불처럼 포근하다
산짐승도 나와 같을 것이다

뭐, 청송이라구? 교도소?

아니, 소나무가 많아 청송이래
별빛조차 푸른빛이야

수도권 지인들은 하나같이

오지에 있는 교도소만 떠올릴 뿐
청송 꿀사과도
주왕산 폭포도 모른다

솔 향으로 숨 쉬는 일이
얼마나 근사한지 자랑해야 했다

그러나 말하지 못한 게 있다

도시에서 이십 년을 달리다 보니
바람 빠진 타이어처럼 속이 텅 비어 버렸다

무섭지 않냐고?
무서웠다
대충 눈 감고 사는 일이 무서웠다

텅 빈 속을 보이기가 두려워
골짝 끝에 나를 가두기로 했다

>

푸른 별빛 쏟아질 때까지
유배 중이다

첫 작품

밭을 갈아엎자
큰 돌이 어찌나 많이 박혔는지
반쯤은 돌로 비닐을 누르고 감자를 심었다

큰 돌에 치여 울퉁불퉁한 감자가
돌밭의 첫 작품이었다
못생긴 주인을 닮아 헛웃음이 나왔다

날마다 찐 감자를 먹어도 질리지 않았다

감자처럼 둥글게 몸을 말고
지쳐 잠들면 덜 두려웠다
울퉁불퉁한 꿈속에서라도 단단해지고 싶었다

유배지

첫해는 그랬다

괭이질 하다가 낫질 하다가
지난 일 되돌려가며
곱씹었다

지나온 삶이 흙바닥에 떨어졌다

한 글자씩 꾹꾹 눌러
유배지에서 편지를 쓰듯
꼬박꼬박 농작물을 심고 거두었다

첫해는 그랬다

바람마저 숨죽이고
어스름 내리면
차라리 녹초가 되어야 견딜 수 있었다

애기 풀

긴 산골의 겨울이 끝나고
처음 얼굴 내민 애기 풀들 반가워
무작정 사랑하지 않을 수 없어라

뽀얗게 올라온 애기 쑥도
바닥에 달라붙어 앙증맞은 질경이도
눈 시원해지는 진초록 애기 망초도
말간 얼굴 자꾸 쓰다듬고 싶어라

이 순간이 지나면
농작물 마구 뒤덮고 흙길 점령해
철천지원수처럼 날 괴롭힐 텐데
애써 모른 척 사랑하지 않을 수 없어라

유효기간 알면서도
무작정 사랑하지 않을 수 없어라

시농제 始農祭

포클레인 삽날에 계곡 속살이 파헤쳐졌다

앉아서 시 쓰던 바위도 깨져 나가고
나무들은 일렬로 베어졌다

날마다 공사 중인 세상은
골짜기 작은 계곡마저 가만두질 않는다

올 농사는 시작부터 사납다

밭갈이를 하고 뒤늦게
터줏대감 감나무에게 술잔을 올린다

파헤쳐진 계곡 그만 보라고
핼쑥해진 감나무에게 한잔 권한다

농사를 시작하는 마음만은
외면하지 말아 달라고 빌었다

>

축문도 없고 돼지머리도 없이
계곡에 깃들어 사는 수많은 생명들의 안녕을 빌었다

감자 싹

조금씩 갈라지고 있다

씨감자 심고 덮어 준 흙이
가늘게 떨린다

흙을 밀어 올리느라
애쓰기를

사나흘

흙 틈으로
누르스름한 얼굴
가까스로 내밀고 하는 말

간신히 살아간다*

무거운 말씀
감히 받아 적었다

>

따가운 볕 아래
감자 싹은 한나절 만에 푸르뎅뎅해진다

진초록 잎으로 부풀어 오른다

* 권정생 선생의 글귀.

흙의 반은

흙의 반은 풀씨임에 틀림없다

낫질 하고 돌아서면
며칠 만에 또 그만큼 자라 있다

쉴 새 없이 뽑아 보지만
끊임없이 올라온다

이기려고 들다가는 제풀에 지친다

들깨 고랑은 낫질을 해서
절정에 다다른 기세만 눌러 놓기로 한다

밭둑 풀은 또다시 내 무릎 높이를
가뿐하게 넘어섰다

여름을 나려면 서너 말쯤은
땀을 흘려야겠다

>

흙의 반은 풀씨임에 틀림없다

감자 심기

비가 내려 밭갈이가 늦어지자
씨감자는 삐쭉하니 싹이 올라와
빨리 심어 달라 아우성이다

진달래 필 때 심으라는
어르신들 말씀 생각나 마음 급해진다

팔다리 쑤시는 것도 모르고
싹이 부러지거나 말거나
비 오기 전에 다 심겠다고 난리를 친다

그 사이 검은머리딱새는 첫 알을 낳았다

꼬박 삼 일 동안 감자만 심다
손톱에 낀 흙 때가 되어 방바닥에 누워버렸다

영 늦어버린 벚꽃이 피려는지
꽃망울은 탱탱하게 살이 오른다

손톱

흙 때 낀 손톱은
왜 그리 빨리 자라는지

반쯤 졸며
손톱 모서리 굳은살 자르려다
생살이 드러나 쓰리다

빗방울 소리가
자장가처럼 들려
눈꺼풀이 자꾸 아래로 처진다

깎으면 또 자라고
또 자라고

씨앗의 뾰족한 손톱이 자라
밭이 온통 푸르러졌다

갑을 관계

나에게 갑은 날씨이다
가물면 웅덩이 물 퍼 나르고
폭우가 쏟아지면 배수로를 낸다

나에게 갑은 풀과 온갖 벌레들이다
가물면 진딧물이 극성이고
톡톡이는 싱싱한 이파리에 숭숭 구멍을 낸다
풀 뽑다 지치면 갑이 자라게 둔다

갑들의 횡포에 저항하지 않는다

잊을 만하면 고라니가 들어와
어린잎만 얌체같이 잘라 먹고 간다
두더쥐는 잘 익은 호박만 골라 파먹는다

슈퍼 갑인 땅에게는 자발적 노예가 되기로 한다
휴일과 특근 수당 정도는 가뿐하게 반납한다
최저 생계비도 4대 보험도 미련 없이 반납한다

>

다만, 죽고 나면 한 줌 흙이 되게 해 달라고 빌었다

산골 농부

농사가 안된 해는
팔 게 없어 걱정이더니

좀 많은 해는
다 못 팔아 걱정이다

갈수록 가난해지는 이상한 직업이다

농약과 화학비료 안 쓰니
흙이 살아나 살맛 나는데

허리 휘어져라 일할수록
손마디만 굵어지는 이상한 직업이다

괭이와 호미 한 자루에
생존을 맡기고
풀과 흙에게
세금 내며 만족하는 일이다

>

아등바등하지 않고 그저
새벽녘 잠을 깨우는
온갖 새소리에 귀를 씻는 일이다

2부 미처 알지 못했다

마지막 밑천

순금 열 돈을 팔았다

아버지 칠순 때
호기로운 첫 직장생활 뽐내며
엄마 팔목에 채워 줬던 금팔찌

요양 병원으로 가시면서
니가 해 준 거니, 니가 가져라

다섯 해 밭농사를 짓고
다섯 해 트럭 할부가 끝나니
남은 건 빈 통장과 잘 모셔 둔 금팔찌

이걸로 여섯 번째 농사 계획을 세운다

덤으로 받은 서 돈짜리 쌍가락지는
팔지 않기로 한다

내게도 유산遺産의 증표는 필요하다

당혹스런 봄 1

꽃다지와 제비꽃을 선두로
꽃이 피기 시작하는데

당혹스런 봄이다

매화꽃을 봐도
무리 지어 핀 진달래도
그 어떤 환한 꽃을 봐도

설레지도
사랑스럽지도
고맙지도 않다

무덤덤하다 못해 무감각하여
내가 나에게 당혹스런 봄이다

완벽하게 도둑맞았다

그리고 처음, 갱년기라는 단어가
몸속으로 들어왔다

폐경으로 가는 첫발을 떼고 있다

당혹스런 봄 2

빈 밭에 나가
아무 생각 없이 돌을 주웠다

갑자기 찾아온
묘하게 어둑어둑하고
낯선 이 기분을
날려버릴 수만 있다면

뭐라도 해야 했다

봄비가 자주 내려 다행이다
꽃이 다 져서 다행이다

밭을 갈아엎고 농사가 시작되었다
금방 지쳐 자주 낮잠을 잤다

심어 놓고 돌아서면
달이 차듯 날마다 자랐다

\>

초경부터 달을 채우느라
수고한
내 자궁도 닫을 때가 머지않았다

자궁에서 해방된
또 다른 시작일 텐데
이상하다, 몸이 겪는 변화는

저릿저릿하다

고추를 심으며

고추 심는 주말이면 심부름하는 척하다 가방 싸 들고 텅 빈 학교로 도망치곤 했지

흙투성이 낡은 작업복처럼 살지 않겠다고 영어 단어 줄 줄 외었지

자루가 미어지도록 말린 고추를 머리에 인, 엄마를 따라 나선 것은 새 옷 한 벌이 필요해서였어

장사꾼과의 흥정을 멀리서 훔쳐보던 나는, 엄마가 창피했었던가 고춧값이 떨어져 속상했었던가

중년이 되어서야 다시 고추를 심는다

흙을 덮어 주면서 학교로 도망치던 내가 덮여졌으면 멀리서 훔쳐만 보던 내가 덮여졌으면

허리가 뻐근해지도록 덮여지지 않아 흙투성이 장갑처

럼 널브러진 날

무섭도록 푸르러지는 봄날 한가운데

고맙다

흙먼지만 날린다 산그늘 들자마자 웅덩이 물 끌어다 목
축여 준다

고추는 더디 크고 호박은 덩굴 뻗을 엄두를 못 낸다 이
와중에 핀 감자 꽃이 대견하다

타들어가는 밭에 물을 주다 눈물이 터져 버렸다

간신히 눈만 뜨고 당신 생신인 걸 몰랐다며 고맙다, 고
맙다는 노모 목소리

마지막 순간을 연습한 효과도 없이 툭 터져 버렸다

고맙다, 는 말은 내가 먼저 하고 싶은 말이었다

초저녁 초승달이 산등성이에 뾰족하게 걸리었다

일기 예보는 또 불볕더위, 이 가뭄이 얼마나 지독할지

나는 이때 미처 알지 못했다

긴 한낮
폭염

겨울에 붙은 군살이 다 빠졌다

농사를 시작하던 첫해처럼 말랐다

허옇게 덴
화상 입은 단호박을 따서
그늘 아래 쌓아 두었다

방바닥에 등을 붙이고
꼼짝없이 누워 한낮을 견디었다

숨이 턱 막힌
이파리들도 최대한 늘어져 견디었다

오이꽃은 더 이상 피려고 하지 않는다
고구마 줄기도 더 이상 뻗지 않는다

성난 해가

산등성이를 넘어갈 때까지
그토록 긴 한낮은 처음이었다

무궁화 꽃이 피었습니다

계곡물 소리가 들렸다 긴 가뭄이 끝난 것이다 밭 한 뙈
기를 지키기 위해 나도 계곡처럼 말랐다

하루에 작업복을 두 벌씩 갈아입어도 땀을 감당할 수 없
었다 밭둑에 풀이 높아 낫질을 했다

밤새 지붕을 두들겨 패는 빗소리에 여러 번 뒤척였다 막
붉어지던 고추가 망가졌다

된장에 풋고추를 찍어 먹어도 입맛은 돌아오지 않았다
올 농사는 좀 힘들다, 고 함부로 기록해 두지 말자 다짐했다

대신, 무궁화 꽃이 피었습니다, 라고 썼다 고개가 좀 처
지긴 했어도 가냘픈 잎을 벌렸다 시리도록 하얀 꽃잎이
었다

도토리 떨어지는 소리 간절해지는 밤

가뭄이 지독하더니 도토리 떨어지는 소리조차 없다 산 짐승들이 배고픈 가을 처음으로 멧돼지가 침입했다

밭 둘레 망에 커다란 구멍을 사정없이 뚫어 놓고 따고 남은 옥수수를 싹쓸이했다 한 톨도 흘리지 않고 먹어 치 웠다

옥수수 옆은 멧돼지가 좋아하는 고구마, 옆을 스쳐간 발 자국이 선명하다

정신이 번쩍 들었다 고추 농사가 망한 올해는 고구마라 도 다 팔아야 한다

트럭 시동을 걸어 놓고 밤새 고구마 옆에 세워 두었다

여치와 귀뚜라미 합창으로 가을밤만 속절없이 길어진다

땅벌에 쏘이다

엄나무 돌돌 감은 환삼덩굴
치우다 땅벌에 쏘였다

갑갑해 보이는 엄나무가 신경 쓰여
풀숲에 들어가는 게 아니었다

얼마나 따끔한지
외마디 비명 지르며
눈썹 휘날리게 도망쳤다

이젠 놀랍지도 않다
해마다 쏘인다

순식간에 다섯 방이나 쏘다니
가을걷이 하는 나만큼이나
서늘한 독기가 올랐나 보다

한여름이 지나면

팔다리에 벌레 물린 상처투성이

농사짓는다고
잡아 죽인 벌레가 얼마던가

밥 먹듯이 살생殺生한
이 업보를 어찌할까나

뻘겋게 성난 팔뚝이 퉁퉁 부어오른다

때 늦은 낫질

긴 폭염에 갇혀
밭둑 낫질은 엄두도 못 냈다

때 늦은 낫질은 힘에 부친다

단풍이 발자국을 찍으며
성큼성큼
한 걸음씩 내려오는

가을,

계곡 아래까지
가을빛이 그득하다

심장의 피를 뽑아
마구 뿌려 놓은 것처럼
붉은 단풍이 발길을 잡아끈다

낫을 던지고
아예 밭둑에 앉아 버렸다

야속하게 그리 서둘러
붉어질 일이냐

그리 아름다운 비명 지를 일이냐

첫눈에 물들어 잊히지 않는 사랑도 있더라

가지치기

복숭아, 자두, 대추나무는
손이 잘 닿아 열매 따기 편하도록

매화, 무궁화, 개나리는
꽃이 예쁘게 보이도록

중력을 거슬러
뛰어오르는 힘찬 도약을
단숨에 잘라 버렸다

단숨에 잘려 나간 것이
가지인지, 마음인지

이 불편함의 정체는 무엇인가

잃은 만큼 더 야무지게
뿌리 뻗을 거란 믿음 따위는
너무 허술하지 않은가

\>

이 허술함이 나를 지탱시키고 있다

달밤

골짜기 속살이
훤히 보이는 밤

나무의 마른 뼈조차
달빛에 그림자가 진다

앞산 등허리와
빈 밭이 한 폭 수묵화로
고요하게 펼쳐진다

산짐승 기척도 없어
걸음걸이조차
조심스러워지는 밤

나무는 겨울을 나기 위해
과감하게 잎을 떨군다

빈 가지조차

달빛 그림자로 내줄 뿐이다

겨울꽃

작은 새가
된서리에 꽁꽁 언
땡감을 쪼다가

부리가 시린지
날아간다

늙은 감나무는
해마다 삭은 나뭇가지를
부러트린다

그러고도 작은 땡감을
꽃처럼 다닥다닥
달고 있다

아무도 탐내지 않아
이 골짝 끝에서
유일한 겨울꽃이 된다

>

새들이 찾아와 수다를 떨고
가끔 배고픈 담비가
능청스럽게 감을 따 먹고 간다

밭 정리가 마저 끝나면
술 한잔 부어 드려야겠다

한 뼘의 여유

추락하기 직전
날개 돋는 기적 같은 삶이란
가능한 일인가

눈길 오르막에서
트럭은 정비소에 맡겨졌다

뜻하지 않게
강원도 산중에서 일주일이나 더
발이 묶였다

그러고 보면 내 인생도
뜻하지 않게 여기까지 굴러왔다

한쪽 뒷바퀴가 남겨준
낭떠러지 한 뼘의 짜릿한 여유를
이제껏 모르고 살아왔다

잠시 미끄러졌을 뿐인데
벼랑으로 밀려날까 두려워

미리 겁먹었다

슬쩍 눈 감고 살았다

가을에 먹을 양배추

손톱만큼 자란 양배추 싹을 쏙 뽑아 먹었다

모종판에 찍힌 작은 발자국
새끼 고라니가 틀림없다

씹어 먹을 만큼 자라야 탐낼 줄 알고
덮어 두지 않았는데

어지간히 배가 고팠나 보다

가물어 풀도 귀했으니 눈감아 주기로 한다

3부 그래도 서운하지 않았다

삼시 세 끼

주어진 대로 보는 것만
느끼다 보니
즐겨 쓰는 말의 종류가
자꾸 줄어든다

날씨, 풀, 벌레, 꽃, 개와 고양이 정도의 말이면 충분하다

밥 달라 심히 보채는 옆집 고양이에게
그래 밥 줄게, 이 게으른 복부비만 고양이야!
이게 하루치 말의 전부인 적도 있었다

양념기 쫙 뺀
시 한 편 써 놓고

단순하다 못해 밋밋해서

머리가 비워지는 건지
평화롭다 못해 게을러지는 건지

>

앞산에게 물어보고
뒷산에게 확인해 보다가

삼시 세 끼 먹었으니
이만하면 됐다, 자족하고 마는 날이 있다
그래도 서운하지 않았다

주경야독 畫耕夜讀

가장 큰 행복은
노곤한 몸을 누이면
깊고 깊은 잠에 빠져드는 일

달빛에 눈부실까
창에 커튼을 치고
어둠의 입자를 덮고 잠드는 일

거칠게 찢어지는 고라니 울음도
개 짓는 소리도
금방 적응되어 곯아떨어지는 일

자는 시간이 전혀 아깝지 않고
포근한 어둠이 되는 일

가장 아쉬운 일은
가벼운 농부 주머니로
실컷 책을 사 볼 수 없는 일

\>

책을 곁에 두더라도
농사철엔 한 줄도 읽히지 않는 일

온 힘을 다해 몸을 쓰면
머릿속이 백지장처럼 하얘져서
지적 욕망이 사라지는 일

삼시 세 끼만 궁리하는 일

낮에 밭을 일구고
밤에 책을 읽는 게 좀처럼 쉽지 않은 일

겨울나기

책도 안 읽히고 글도 안 써지면
겨울 산골은 지루하다

햇살 좋은 한낮이면
숲에 들어가 톱질을 했다

발 디딜 틈 없는 빽빽한 숲
어린 잡목을 베어 내 길을 만들었다

손 시린 줄 모르고
나의 일없는 노동은 길어지기 일쑤였다

겨울밤이 짧아지기 시작했다

숲에 길이 생기고 시야가 트일수록
마음이 환해졌다

흙 한 숟가락만 있어도

풀씨가 내려앉아 싹이 트는 봄이 왔다

밥 한 술만 떠도
배부른 그런 삶을 살자고

사방에서 모질게 풀씨들이 싹 튼다

옆집 암탉 1

한 세상을 품고 있다

봄볕 무색하게 꽁꽁 얼어붙은 날
끼니도 거른 채 꼼짝하지 않는다

암탉만 여섯 마리,
아무리 품어도 깨어날 수 없는 무정란이란다

괜히 미안해진다

나는 여태껏 홀로 알을 깨겠다고 발버둥 치며 살았다

옆집 암탉 2

암탉이 사라졌다

너구리가 범인일까
유유히 돌며 노려보던 매의 짓일까

무정란을 지극정성 품고 있는
암탉이 안쓰러워
유정란 몇 알 얻어 온 날

깃털만 남기고 사라졌다

누군가의 주린 배를 채워주는 일

일생의 몫을 다하고 바람처럼 사라졌다

씨앗을 넣으며 1

내 마음은 이미
손톱만 한 호박씨가 엉덩이만 한 호박으로
쌀알만 한 오이씨가 팔뚝만 한 오이로
티끌만 한 상추씨가 손바닥만 한 상추로 자라 있네

백만 송이 봉숭아 붉은 뜰에서
뭉실뭉실 구름으로 뛰어놀다
먹거리보다 봉숭아 꽃씨 더 많이 넣고 말았네

이것도 큰 병인가 싶어
아직 덜 굵어진 손마디 한참 쳐다보네

씨앗을 넣으며 2

작업장 농기구 수납장 한 칸은
새들에게 내주었다

검은머리딱새는 마른 풀 물어다
부지런히 집을 짓고

나는 한 알 한 알 정성스레 씨앗을 넣는다

온힘 다해 알을 깨듯
올 한 해도 어떻게든 살아보자고

진달래의 봄

서둘러 핀 진달래
갑작스런 비바람에 젖은 꽃잎 오므리고
고개 떨구었다

서둘지 마라

곧 내려앉을 것 같은 먹구름이 지나가면
살랑살랑 봄바람이 불어와
두 팔 벌려 너를 안을 것이다

숨 막히도록 껴안아
무더기무더기 붉게 달아오르면
잠들었던 숲이 깨어나
여린 새순들이 일제히 태어날 것이다

연둣빛 순들이 폭죽처럼 터질 것이다

무너질 것 같다고 주저앉지 마라

푹 젖은 꽃잎처럼 우린 잠시 비를 맞았을 뿐이다

꽃밭

연둣빛 싹이 일제히 얼굴 내밀고
일광욕 하는 봄날은 눈부시다

벚꽃 잎이 가볍게
떼 지어 떨어지는 오후
급하지도 않은 꽃밭을 만든다

아직 일 근육이 덜 붙어
입맛은 돌아오지 않고
한낮 봄볕에도 금방 지치는데

국화 뿌리 옮겨 심고
패랭이 꽃씨도 뿌리고
봉숭아 심을 자리 흙 돋우어 놓는다

무엇을 더 심을까
무엇을 더 덜어 내야 환한 봄날이
내 안에 뿌리 내릴까

밭일 제쳐 두고 꽃밭 만들다

하루가 일장춘몽^{一場春夢}으로 스러진다

다시, 사월

연둣빛과 초록 바탕이
몹시 심심한지

군데군데
꽃다발 꽂듯
분홍빛 꽃나무를 그려 놓았다

감탄사 절로 나오는
이 질퍽한 봄빛을 어찌할까나

미안하지만,

사월의 봄은 이것만으로 충분치 않다

아름답다 말하기에는
세상 밖으로 던져진 것들이 너무 많다

우리가 불러야 할 이름들이 너무 많다

소풍

소풍 가기 딱 좋은 날
텃밭에 시금치와 당근 씨를 뿌린다

밭둑에 걸터앉은 돌복숭아
요염하게 연분홍 꽃잎 살랑댄다

이에 질세라
자두꽃이 흰 꽃을 다닥다닥 터트린다

취한 벌들이 어지럽게 날아오른다

내친김에 부추 씨도 뿌린다
시금치와 당근이 자라면
김밥 싸 들고 소풍 한번 가겠다고 벼른다

굵은 비 오는 날

비가 내리면 감상에 빠져 오전 강의를 제치고 낡은 주점 문을 두드리던 시절
겨우 눈곱 뗀 아주머니 눈 흘김이 빗소리에 목을 타고 들어가는 막걸리처럼 좋았다

얼굴 유난히 까맣던 동기 녀석은 운동장으로 뛰쳐나가 소리를 지르며 빗속을 달리곤 했다
그런 녀석이 와이셔츠 단추 자락으로 뱃살 삐져나오는, 애 아빠가 되었다

나도 어쩔 수 없이 철 좀 들었는지 우비를 입고 밭에 나간다 한 달 만에 오는 귀한 비 맞으며 어린 들깨를 심는다

어디로든 튕겨 나가고 싶어 끓어넘치던 시절이 빗물로 뚝뚝 흘러내린다 파릇파릇한 들깻잎에 선명하게 굴러 내린다

오랜 벗을 불러 막걸리라도 한 사발 하고 싶은데 첩첩산

중 굽이굽이 돌고 돌아야 하는구나 들깨 향에 먼저 취해
빗방울이 점점 굵어진다

하루에도 몇 번씩

하루에도 몇 번씩
바람이 불었다 그쳤다
해가 나왔다 가렸다

몸이 흐렸다 맑았다 한다

내 인생도 오르락내리락
가을만큼 나이를 먹었다

겨우 자란
들깨를 언제 벨까 가늠하다
짧은 해는 산 뒤로 달음질쳐 간다

남은 햇살을 쓸어 담아
차곡차곡 주머니에 넣어 본다

주머니에 넣은 손가락이
조금은 따스해진다

겨울잠

몸을 조였던 나사들
모조리 잡아 빼어 있는 대로 늘어져 있었다

짧은 햇살 아래
이따금씩 어슬렁어슬렁 걷곤 했다

게으름이 덕지덕지 붙었다
긴 겨울잠을 깨울 때가 되었다

우선 텃밭 마늘부터 깨우기로 한다
얼지 않게 덮어 준 것을 걷어 내자
누렇게 뜬 마늘 싹이 눈 비빈다

캄캄한 동굴에서 동안거冬安居 잘 하셨는가
무얼 찾아 이리 연약한 싹 밀어 올리셨는가

  한기寒氣에 눌린 마음 꺼내듯 조심스럽게 하나하나 싹을
꺼내 준다

안개비

마을 낮은 지붕들이
내려다보이지 않을 정도로
짙은 안개가 내렸다

포개진 산 겨드랑이마다
안개가 내려
굽은 능선이 보일 듯 말듯

여섯 평 농막 작은 지붕도
안개에 잠겨
나지막한 빗소리를 낸다

빈 밭처럼 푹 젖어
땅이 녹는 소리를 듣는다

겨울의 끝자락
하루쯤은 안개 내린
산 겨드랑이에서 잠들고 싶은 날

>

비가 잦아들자
안개는 재빨리 치맛자락을 걷어
젖은 나무들만 보여주네

나는 어느새 젖은 나무가 되어
깊은 땅 속에서는
봄이 오고 있는지 궁금해지기 시작했네

냉이 된장국

땅이 녹으면 빈 밭에 냉이 천지다

잠깐이면 한 바구니 채운다

손이 얼얼한 계곡물에서
냉이 뿌리는 흙 때를 벗고 뽀얘진다

된장을 풀어 끓이면
긴 겨울
헛헛한 속이 풀리며
다시 농사를 시작할 기운이 솟는다

푸석푸석해진 몸에
파릇한 냉이 향이 흠뻑 배면
밭을 갈 때가 된 것이다

하얀 냉이 뿌리가
팔다리 근육에 푸른 힘줄을 새겨 넣는다

4부 빠스야, 관광가자!

홀로 사는 인생들의 놀이

맑은 국물을 좋아하는 형님이 있다
찬 걱정 없이 담백한 미역국이면 된다
골짝에 들어가 집 한 채 짓더니 그 길로 목수가 되었다
막걸리를 쟁여 놓고는 잠 깨우느라 한 사발
밥 대신 한 사발

막걸리 한 상자가 배달되더니
한나절 안에 목수 형님이 나타났다
나는 또 나만의 고집이 있어
막걸리는 입에도 안 대고
내가 담근 돌복숭아주를 내놓는 것이다

아시아와 유럽을 들락거리더니
급기야 남미까지 돌고 온
편집, 교정을 하는 후배랑
돌담 쌓기 놀이에 푹 빠진 목수 형님과
안개가 발목을 내린 가을밤 골짜기를 나눠 가졌다
집 앞 벗나무 잎이 우수수 다 떨어지던 밤이었다

>

밤이 깊도록 서로의 삶을 편집해 봐도

이제 교정은 되지 않아

맑은 미역국을 나눠 마시며 홀로 사는 인생들에 대해 생
각해 봤다 숙취만큼 쓰리지는 않았다

속초에서 넘어온 백수건달 와인 형님과

돌담 쌓기 달인이 된 막걸리 형님과

농부 시인 돌복숭아주가 만나

곧 없어질 낡은 역 관사에 앉아

세 가지 술을 놓고 목이 아프도록 수다를 떨며 밤을 보
낸 일주일 뒤였다

각자의 술을 고집하며 전혀 인생을 교정할 의도가 없는
밤이었다

서른 살이 생의 목표였다 1

상상력이 빈곤하던 시절이었다

내게 서른 이후의 삶은
없을 거라 생각했다

서른 살이 되면
생이 완성되는 줄 알았다
맹목적으로, 믿고 싶었다

짧은 불꽃으로 스러진 전혜린은
완벽하게 살아 있음을 느끼는 순간
노을 지는 붉은 창에 기대어 울었다
그리고 아무 말도 하지 않았다*

내겐 아무 일도 일어나지 않았다

서른한 살부터 삶은
맹목적으로, 지루해졌다

>

미지근한 행복과 불행이
영원히 끝나지 않을 것 같았다

상상력이 빈곤하던 시절이었다

얌전하게 월급봉투를 기다리며
잘 절여진 파김치로 익어 가는 게
생의 한가운데 서 있는 거라고, 착각하고 싶었다

* 전혜린(1934~1965)의 유고 수필집 『그리고 아무 말도 하지 않았다』.

서른 살이 생의 목표였다 2
그애

입술에 붉은 버섯 모양 종양을 단 그애를
6학년 남자애들이 괴물이라고 놀리곤 했어

그애는 자주 배를 움켜쥔 채 조퇴를 하곤 했지
한동네 살던 나는 그애 가방을 메고 한 시간이나 되는
길을 같이 걸어야 했어
키만 크고 비쩍 말라서 바람에 날아갈까 손을 꼭 잡아야
했지

공장에서 일하며 기숙사 딸린 야간학교에 다니던 그애
는 어느 날 아예 고향집으로 돌아왔어
아름드리 느티나무를 지나 세 번째 집이었지

주말이면 고향집을 오가던 여고 시절 그애네 집에 가보
곤 했어
겨우 요구르트만 먹을 수 있어서 뼈와 가죽만 남은 그애
는 여전히 모기만 한 소리로 고맙다고 말했지

엄마 아버지는 종일 밭에 가 있고
남동생은 학교에 가고
빈 집에 남아 그애가 할 수 있는 일이란
윙윙대며 날아다니는 파리 소리를 듣는 일
툇마루에 나와 볕을 쬐는 일

사실 알고 있었어
요구르트를 더 이상 삼킬 수 없었을 때
뼈만 남은 다리를 안 보려고 고개 돌렸을 때
할 말이 없어 윙윙대는 파리 소리만 듣고 있었을 때

기말고사에 올인한 나는
학교와 하숙방을 오가며 고향집에 가지 않았어
독서실에 박혀 햇빛을 보지 않았지
자랑스런 성적표 앞에 몸과 마음을 바쳐 불길한 예감을
모른 척했어

커다란 대문 뒤에 숨어

흔적도 없이 사라진 그애를 기다렸어
그애 부모님을 마주칠까 봐 도망쳤지
어둑어둑한 저녁이라 다행이었어 시골에는 별이 일찍
뜨거든 깨진 유리 파편처럼 마구 흩뿌려져 있었지

붉은 버섯 입술 사이로
모기만 한 목소리가 들릴까 봐
불공평한 목숨 따위는 누가 결정하냐고 따지지 못했어

그애는 모를 거야
내신 일등급이 부끄럽다며 처음 술에 취해 엉엉 울었
을 때
스무 살 대학 동기들은 참 이해 안 되는 애라고 웃어버
렸지 그게 울 일이야?

그애는 모를 거야
스무 살 내가 가진 꿈은 서른 살이 되는 것
청춘을 완전하게 불태워 서른이 되면 바람 빠진 풍선처

럼 꺼져 버리는 것 이런 게 꿈꿀 일이야?

서른 살이 생의 목표였다 3
백일기도

아무 일도 일어나지 않았다
일중독에 빠져 원 없이 일해도 한쪽 구석으로 휑하니 바
람이 빠져나가곤 했다

창비 시집 목록을 펴 놓고
1번부터 책장에 비어 있는 번호를 적어 나갔다
출판사에 전화를 걸어 100권을 주문했다 책방이냐고
묻는데 얼버무렸다

하루 한 권씩 100일 동안 읽어 보자 목욕재계도 없이 뜬
금없는 백일기도에 들어갔다

인내심이 필요하다
퇴근 후 술자리가 있거나 몹시 지친 날
기도문을 읽는 마음으로 버텼다

이쯤에서 고백해야 한다
누군가의 시집은 활자만 읽었고

한자를 원문 표기한 오래된 시들은 사전을 뒤적거리기
귀찮아 멋대로 끼워 맞췄다

30일쯤은 할 만하다
50일쯤 읽으니 스스로 격려도 하게 된다
70일쯤 되니 조바심이 난다 이왕 시작한 거 100일을 찍
어야지 중간에 빼먹으면 어떡하지?

백일기도는 점차 변색되기 시작한다 집착만 남는다
하루도 빠짐없이 100권 읽기를 마치면 시인이 될지도
모른다는 착각은 90일쯤에 했다

마지막 100권을 채우고 무슨 생각을 했는지 기억나지
않는다 인내심만 확인했을 뿐이다 어처구니없었다

다시 얌전한 직장인의 자세로 돌아갔다 억지로 시를 쓸
수는 없었다 백일기도의 메마른 응답이었다

인생이모작과 고령사회 같은 자기계발서를 즐겨 읽는
삼십 대가 되어 있었다 백일기도의 부작용이었다

수녀

처마 밑에
가지런하고 높다랗게
쌓아 올린 장작더미가 인상적이었다

바람이 스산해지면
동갑내기 수녀님을 떠올리곤 했다

헐렁한 잿빛 작업복에 민머리였다
비구니인 줄 알았다

농사일에 방해가 되어
머리를 밀었다며 맑게 웃었다

가로 세로 일정한 간격으로
종일 무를 썰고 있었다

배추와 무, 수박 농사 얘기보다
담백하고 깊은 무차 한 잔에 반했다

>

처음엔 두셋이 모여 농사를 짓다
수행 단계가 높아지면
외진 골짝으로 홀로 나온다고 했다

새벽 묵상으로 아침을 깨우고
지치도록 밭일을 하다
가마솥에 불 지펴 정갈하게 몸을 닦고
밤 묵상으로 하루를 마감하는 생활

묵상과 정갈함을 빼면
서로 비슷한 처지였다

어지러운 세속의 일이 내겐
전부여서
시끄러운 머릿속을 묵상 대신
글로 퍼 나르고 있을 뿐이다

언젠가는 묻고 싶었다

그 깊고 높은 골짝에서
쓸쓸하지 않느냐고

지치고 아픈 날엔
서글프지 않느냐고

치통

평생 밭일로 뼈가 삭았다고 우기는 노모 말이
이뿌리에 걸려 쿡쿡 쑤셨다

열이 오르고 오한까지 들자 나는 항복했다
산골에 와서 처음 진통제를 먹었다

노모는 새알처럼 작은 물만두만 딱 세 알 먹었다

각종 영양주사로 버티는 노모는
병실 노인네들 중 당신이 제일 젊은 게 불만이다
먹기만 하면 체하는 게 불만이다

치통은 살고 싶은 노모의 욕망처럼 질겨서
도시로 나가 치료를 받기로 했다

노모의 말년은 삭은 뼈에 금이 가 병상에 던져졌고
나의 중년은 땜질하여 금으로 덮어씌워 버렸다

오늘도 한 생을 필사적으로 씹어 삼킨다

공무도하가 公無渡河歌
님아, 그 물을 건너지 마오

희한혀. 여태 한 번두 안 보이든 느 아부지가 어쩐 일이여. 첨이여. 꿈에 다 보이데.

아부지가?

예전에 그 한수 가는 길에 큰 다리 있잖여. 내가 그 물을 건너가고 있데. 근데, 너머에 언덕배기가 있드라구. 거기에 아부지가 앉아 있는 거여.

그래서 엄마가 물을 건너갔어? 안 건넜어?

아부지랑 눈이 딱 마주쳤는데 어쩨 그려, 암 말도 안 하데. 빤히 쳐다만 보구 담배만 피드라구. 살아서두 맨날 담배만 물구 있더니……

엄마, 물을 건너갔냐니까!

아이구, 뭐라 말을 걸 만한데 암 말도 안 혀. 아부지가

워낙 말이 없잖여. 빤히 쳐다만 보데……

그래서 건너가서 아부지랑 만난 겨?

몰러, 그게 끝이여. 기억이 안 나. 더 희한한 건 그 전날인지 담날인지, 아부지가 또 나온 겨.

두 번이나?

느 오빠네 집서 오빠랑 며느리랑 앉아 점심을 먹구 있었어. 다 먹구 상을 막 치울라는데 아부지가 쑥 들어오데?

오빠네 집에?

허기져 보이길래 뭘 좀 줘야 되는데, 다 먹어치워서 줄게 있어야지. 아이구, 김치밖에 없드라. 그래서 밥에다 김치만 줬는데, 아주 밥그릇을 싹싹 비우드라.

말 좀 걸어 보지. 그냥 있었어?

맛있게 밥그릇을 비우더니 그냥 가더라구. 희한혀. 이틀
이나 아부지를 봤어. 말이라두 좀 걸어 볼걸 후회스럽데.

엄마, 그래두 아부지 보니까 좋았겠네. 엄만 다음에두
아부지랑 또 결혼할 수 있대메.

아부지만 한 사람이 어딨냐? 술주정을 혔냐? 도박을 혔
냐? 부지런허다구 소문이 자자했지. 평생 군소리 안 허구
일만 혔어.

그래두 아부지랑은 살아 봤으니까 다음에는 다른 사람
이랑 살아 봐야지. 또 아부지랑?

그게 내 맘대루 될라나 모르지. 그려도 아부지만 한 사
람이 없지.

고열에 호흡 곤란이 오자, 의사가 임종을 준비하라고 했다. 칠남매가 다급히 모인 날은 하필 호우주의보가 내린 한여름 밤이었다.

번데기

느릿느릿 실을 토하듯
단단한 고치를 틀고
번데기가 되고 싶었는지도 몰라

나비였는지 매미였는지
하룻밤 불나방이었는지

고치 안은 참 고요했어
실을 토하는 게 실은 재미있었거든

한 가닥 한 가닥 뽑아낼 때마다
핏줄을 가지런히 정리하는 기분이야

씨줄날줄로 엮은 이곳은
새소리만 들어도 평화로워지거든

모로 누워 몸을 말면
포근한 어둠으로 완벽하게 잠이 들지

>

너무 아늑해서
미련 없이 평생 잠든 척
번데기로 살고 싶었는지도 몰라

애기 솔

겨우 반 뼘 자란
애기 솔

젓가락보다 가는 줄기
몹시 흔들리며

한 움큼 푸른 솔

눈 속에 묻혔다가
하얗게 얼었다가

겨울 북풍
매섭게 지나고

한 뼘으로 자란
애기 솔

그동안 내 생각은

얼마나 자랐나

가늠할 처지도
안 되는 지라

행여
모르고 밟을까

애기 솔 둘레
돌로 둘러싸 주었다

첫 꽃

작고 동그란 봉오리가
한껏 부풀어 오르다
더는 못 참겠다는 듯
툭, 터졌다

어둠이 익어 환하게 터졌다

둥글게 한 겹씩
찬 겨울 어둠을 말아
익을 대로 익어야
저리 눈부시게 터지나 보다

갈팡질팡 헤매던
내 청춘의 어둠도
익어 갈 때가 되었는지
첫 꽃이 필 때마다
아프다

꽃 터진 자리마다
보듬고 싶어서
매화나무 옆을 한참 서성인다

고로쇠나무에게

고로쇠나무야, 너의 투명한 피를 나눠 마셔도 되겠니?
붉은 피를 나눠 마신 동지들이 있었지
혁명이 사라진 시대
붉은 피는 마른 지 오래
패배의 기억조차 갖지 못하고
뒷걸음만 친 나를 지워버린 지 오래

고로쇠나무야, 너의 맑은 피를 나눠 마셔도 되겠니?
푸른 깃발을 깁고 있는 중이야
씨앗은 농부의 땀을 마시고 싹을 틔우지
붉은 씨앗을 심으면 푸른 잎이 자라지
때론 패배를 심어도 열매가 주렁주렁 달리지

속절없이 봄은 또 오는데
올해 또 무얼 심을까 망설이고 있는데
절망과 희망의 경계가 없는 너의 피를 나눠 마셔도 되겠
니?

빠스야, 관광가자!

쿵쾅쿵쾅 격렬한
뽕짝 리듬이 흐르자
아지매들이 앞다투어 일어선다

신들린 듯 엉덩이를 흔들고
어깨 들썩이는
관광버스 나이트클럽!

리모델링에 성공한 마을을 견학하고
다 같이 돌아오는 길

춤추며 노는 재주가 없는 나는
그저 쑥스럽고 민망해
신들린 엉덩이를 바로 보지 못하고
손바닥이 아프도록 박수만 쳐댄다

산길이 한번 굽이칠 때마다
아지매들 몸짓도 휘청하고 굽이친다

>

빠스야, 관광가자 제4집
정신 쏙 빼는 리듬에 맞춰
화려한 조명까지 번쩍번쩍!

이건 한 편의 시다

고추 따고 사과 따느라
허리 아프고 무릎 쑤시다 하던
말들은 한방에 날려 버리고
뻥 뚫리는 신명만 있을 뿐이다

나도 모르게 고개를 까딱이고
발을 구르다

아지매들 어깨에 내려앉은 고단함이
괜히 뭉클해져서
따스한 시 한 편 쓰고 싶어졌다

>

울 엄마는 봄가을마다
관광을 다녀온 날이면
남들처럼 일어나 춤 한번 못 추는
타고난 쑥스러움을 늘 아쉬워하셨다

시인 선생, 나와 나와!

피는 못 속인다더니
나는 끝내 일어서지 못한다

아지매들 엉덩이처럼 생생한 시가 꿈틀거려
저절로 어깨 들썩이다
나는 몇 번이나 휘청하고 같이 굽이친다

노동과 침묵의 시학을 위하여

노태맹 (시인)

최정 시인의 시집 원고를 처음 보았을 때, 나는 자연에 부딪혀 살아가는 한 여성 농부의 '독한' 투쟁기에 마음이 쏠렸다. 그 자연은 관조로서의 자연이 아니라 싸워서 이겨야 할 근대적 자연이다. 그리고 살아가기 위해 그 자연을 "내장이 터지고 머리가 납작해지도록 / 내리치고 또 내리"(「뱀」부분)쳐야 할 노동은 미덕으로 받아들여져야 하는 것으로, 나는 그이의 서사를 이해했다.

그러나 최정 시인의 시들을 읽을수록 나는 처음의 내 판단이 어긋났다는 생각을 지울 수 없었다. 나는 이 시들에서 뜬금없이 '침묵'을 읽었고, 숨어 있는 어떤 사유를 읽어 내려 하고 있었다. 불안한 시도였다. 어쨌든 그 '어떤'이 무엇인지도 모르면서 그것을 찾아보겠다고 나선 것이 이 글을 쓰게 된 연유다.

시집 출판이 결정되고 얼마 있지 않아 최정 시인이 한여름 땡볕의 대구로 왔다. 한티재 시선 편집위원들과 낮술을 먹으며 시인의 삶을 조금 엿볼 수 있었다. 그 뒤 시인이 직접 농사지어 보내 온 호박과 감자도 얻어먹었다.

시인이 대구에 왔을 때 우리에게 자신의 첫 번째 시집 『내 피는 불순하다』와 두 번째 시집 『산골 연가』를 건네주었고, 나는 그 두 시집을 찬찬히 읽었다. 그리고 『산골 연가』를 읽으며 나는 이 시집에 매료되고 큰 감동을 받았다.

두 번째 시집을 읽고 나는 최 시인이 노동하는 수도자 같다고 느꼈다. 그런 느낌의 배경을 시인은 이번 시집에서 스스로 밝히고 있다.

바람이 스산해지면
동갑내기 수녀님을 떠올리곤 했다

헐렁한 잿빛 작업복에 민머리였다
비구니인 줄 알았다

농사일에 방해가 되어
머리를 밀었다며 맑게 웃었다

(…)

새벽 묵상으로 아침을 깨우고
지치도록 밭일을 하다
가마솥에 불 지펴 정갈하게 몸을 닦고
밤 묵상으로 하루를 마감하는 생활

묵상과 정갈함을 빼면
서로 비슷한 처지였다

어지러운 세속의 일이 내겐
전부여서
시끄러운 머릿속을 묵상 대신
글로 퍼 나르고 있을 뿐이다

　　　　　　　　　　　　　　　—「수녀」 부분

　이번 시집의 이 시처럼 두 번째 시집의 대부분에서 나
는 땅과 함께하는, 노동하는 수도자의 모습을 발견했다.
그 시들에는 사람들이 등장하지도 않고, 누군가와의 대화도 거의 나타나지 않는다. 자연과 사물들은 상상력으로 과도하게 부풀려지지도 않는다. 노동하고, 기도하고, 밤늦게 시를 쓰는 수도자의 모습을 그이의 시에서 나는 보았다. 나는 그것을 시 앞에서의 침묵, 시를 위한 침묵이라고 말하고 싶다. 이때 침묵이란 단순한 말없음, 묵언이 아니다. 그것은 사유로서의 침묵이고, 노동과 행동을 전제로 한 침묵이다.

그래서 모리스 블랑쇼(1907-2003)처럼 말해보기로 한다. 시인은 침묵해야 한다. 말로 규정하는 것이 아니라, 침묵이 말하게 해야 한다. 실증주의와 언제나 자기 스스로에게로 회귀하는 나르시시즘의 현재가 아니라 그것으로부터 배제된, '나' 바깥의, 침묵이 드러내는 그 현존재를 말이 전하게 해야 한다. 우리는 그것을 시라고 일컫는다. 침묵은 내가 '나'에게, 나로서 규정하지 않았던 비존재의 존재성을 드러내준다. 말이 가진 한계를 벗어던지기 위해 말은 침묵 한가운데 있지 않으면 안된다. 혹은 행동이 가진 단선성을 벗어던지기 위해 행동은 침묵의 사유 한가운데 있지 않으면 안된다. 사건의 무한성 속에서 우리는 침묵함으로써 침묵 가운데서 배어 나오는 말과, 혹은 시와 조우한다.

내가 최정 시인의 시들을 읽으면서 이렇게 침묵으로서의 블랑쇼를 떠올린 것은 어쩌면 블랑쇼의 은둔 때문이었는지 모른다. 생전 사진 한 장 남겨 놓기를 거부했던 블랑쇼에게 산골로 들어가 농사를 짓는 시인의 모습이 겹쳐졌을 수도 있겠다. 물론 이러한 생각은, 앞으로 내가 보이겠지만, 어떤 방향 속에 그이의 시를 가두려는 나의 욕망 때문인지도 모른다. 그럼에도 내가 블랑쇼의 이름을 빌려와 최정 시인의 시를 해명하려는 시도는 헛되지는 않았다고 생각한다. 최정 시인은 신비적 낭만주의로 빠지지 않으면서 일상적 자연을 향유하고, 그 자연을 통해 익명의 타자를 지속적으로 호명하고 있다.

한편으로 나는 최정 시인의 시를 읽으며 (안티 테제로서) 오규원 시인을 떠올렸다. 그이의 태도는 오규원이 자연에 대해 취하는 태도와 많이 다르다. "가지에 걸려 있는 자기 그림자 / 주섬주섬 걷어내 몸에 붙이고 / 새 한 마리 날아가네 / 날개 없는 그림자 땅에 끌리네"(오규원, 「새와 날개」). 오규원에게 새는 변용되는 이미지이지만 최정 시인에게 새는 이미지가 아니라 노동하는 자신 곁에 타자로 남아 있다. "작은 새가 / 된서리에 꽁꽁 언 / 땡감을 쪼다가 // 부리가 시린지 / 날아간다"(「겨울꽃」 부분). 새는 침묵 속으로 날아 들어온 하나의 사태로만 그려진다. 이러한 이미지의 희소는 최정 시인의 장점이자 단점으로 나타날 터이다.

이 이야기를 하기 전에 조금 더 시인의 시들로 우회해 보자. 시인은 자연 속에서 언제나 노동하는 침묵에 침잠해 있지만 타자에 대한 거리는 항상 유지하고 있다. 두 번째 시집이 경어체 어미나 서간문 형식을 띠고 있는 것은 그 시를 읽는 누군가를 항상 염두에 두고 있다는 뜻일 것이다. (이번 시집을 좀 더 잘 이해하기 위해서) 두 번째 시집의 다음 시에서 그이가 어떻게, 그리고 얼마만큼의 거리를 자연과 타자와 시에 두고 있는지를 보자.

별을 세지도 않았고 달빛 아래 서 있지도 않았습니다

숲속 산책길은 버림받았습니다
이름 모를 꽃들의 안부가 궁금하지 않았습니다

밥을 굶지도 않았습니다
꼬박꼬박 끼니를 챙겨 먹고 종일 밭에 나가 지치도록 일을 했습니다

감자꽃 지고
호박꽃 지고

밭둑에 앉아 미친 듯 낫질을 하다

참깨꽃 지고

들깨꽃 지고

귀 막고 입 닫고 가만히 있으라, 는
이 수상한 세월에 산골의 시간은 그대로입니다

봄이 가고 여름이 가고 가을이 왔습니다
그대로 고려가 가고 조선이 가고 또 한 세상이 왔습니다
　　　　　—『산골 연가』중「산골 연가 — 세월호 후의 세월」전문

　'세월호'라는 세상의 아픈 이야기를 들으며 시인은 밤하
늘의 별과 달을 올려다보는 여유도 버린다. 방 안에서 조
금 울거나, 낮 동안 일부러 혹사한 몸을 누이고 있을 것이
다. 그러나 그것마저 보여주지 않는다. 숲속 산책도, 이름
모를 꽃들의 발견도 죄스러웠을지 모르겠다. 그럼에도 시
인은 노동을 위해 밥은 꼭 챙겨 먹는다. 슬픈 내색도 하지
않는다. 다만 꽃들이 지는 일에 화가 나서 미친 듯이 낫질
을 할 뿐. 시인에게 세상은 "봄이 가고 여름이 가고 가을
이" 오는 일과 다름이 없다. 그런데 이러한 태도는 수동적
태도일까? "또 한 세상"이 오지만 이것은 매개 없는 낙관
일 뿐일까? 이 시는 시인이 침묵과 세상과 낭만의 아슬아
슬한 벽 위에 서 있음을 표면적으로 보여준다. 침묵해야
하기 때문에 울 수도, 분노할 수도 없다.

이번 시집에 실린 다른 시를 보자.

조금씩 갈라지고 있다

씨감자 심고 덮어 준 흙이
가늘게 떨린다

흙을 밀어 올리느라
애쓰기를

사나흘

흙 틈으로
누르스름한 얼굴
가까스로 내밀고 하는 말

간신히 살아간다

무거운 말씀
감히 받아 적었다

따가운 볕 아래

감자 싹은 한나절 만에 푸르뎅뎅해진다

진초록 잎으로 부풀어 오른다

— 「감자 싹」 전문

행과 연 사이에 시간의 침묵이 스며 있다. 마침표도 없이 시간은 침묵의 주름 속에 접혀 있다. (마침표를 찍고 싶다는 욕망과 마침표 없이 글을 열어두고 싶다는 욕망의 싸움은 시인에게 늘 있는 내면의 싸움이다. 최정 시인은 모든 시에서 마침표를 빼고 글들을 침묵 속으로 열었다.) 권정생 선생의 말이라고 각주를 단, "간신히 살아간다"는 말이 시 전체를 울린다. 간신히 살아간다는 말은 힘들게 겨우겨우 살아가고 있다는 의미도 포함하고 있지만 이 시에서 "간신히"는 그런 의미보다는 우리의 삶이란 것이 넉넉한 풍요보다는 자연과 함께 "간신히" 살아가는 정도의 검약과 소박에 더 어울리는 것이 아닌가 하는 것으로 읽힌다. 무無가 존재로 이어지는 자연의 침묵 속에서 그이의 노동은 "무거운 말씀"을 받아 적는다.

그러나 침묵은 불가능한 기획인지도 모른다. 침묵은 가라앉는 배와 같아서 자기 충만과 자족에 빠지기 쉽다.

양념기 쫙 뺀

시 한 편 써 놓고

단순하다 못해 밋밋해서

머리가 비워지는 건지
평화롭다 못해 게을러지는 건지

앞산에게 물어보고
뒷산에게 확인해 보다가

삼시 세 끼 먹었으니
이만하면 됐다, 자족하고 마는 날이 있다
그래도 서운하지 않았다

— 「삼시 세 끼」 부분

스스로의 평화에 자족하는 순간, 침묵의 사유 속에 갇혀
버리는 순간, 그이도 시와 영영 멀어질 수도 있겠다는 상
상을 해 본다. 어쩌면 시인도 이러한 점을 잘 알고 있을 것
이다.

이번 세 번째 시집은 많은 부분, 두 번째 시집의 연장이
라 할 수 있다. 그렇지만 두 번째 시집과 조금씩 달라진 부
분이 보이기도 한다. 연대기적으로 확인할 수 없고, 반드

시 그럴 필요도 없겠지만, 세 번째 시집에는 시인 자신뿐 아니라 타인들이 많이 등장한다. 엄마, 지인들, 동네 주민들……. 그리고 두 번째 시집의 농부보다 많이 노련해진 농부가 보인다. "한 꺼풀 / 허물 벗는 데 / 산골 생활 다섯 해가 걸렸다"(「매미의 등」 부분)에서처럼 한 꺼풀 허물을 벗었다고 말한다. 노련해진 만큼 말도 많고 엄살도 많아진 것처럼 보인다. "텅 빈 속을 보이기가 두려워 / 골짝 끝에 나를 가두기로 했다 // 푸른 별빛 쏟아질 때까지 / 유배 중이다"(「무섭지 않아?」 부분)에서처럼 '유배'라는 표현도 쓴다. 침묵이 사라지고 있는 것은 아닐까? 유배는 강요된 침묵일 뿐이다.

고로쇠나무야, 너의 투명한 피를 나눠 마셔도 되겠니?
붉은 피를 나눠 마신 동지들이 있었지
혁명이 사라진 시대
붉은 피는 마른 지 오래
패배의 기억조차 갖지 못하고
뒷걸음만 친 나를 지워버린 지 오래

고로쇠나무야, 너의 맑은 피를 나눠 마셔도 되겠니?
푸른 깃발을 깁고 있는 중이야
씨앗은 농부의 땀을 마시고 싹을 틔우지

붉은 씨앗을 심으면 푸른 잎이 자라지
때론 패배를 심어도 열매가 주렁주렁 달리지

속절없이 봄은 또 오는데
올핸 또 무얼 심을까 망설이고 있는데
절망과 희망의 경계가 없는 너의 피를 나눠 마셔도 되
겠니?

—「고로쇠나무에게」 전문

혁명을 꿈꾸던 시절이 있었다. 그러나 그 꿈은 어느 순
간, 우리 의지와 상관없이 사라져버렸다. 사회주의 국가의
몰락은 우리의 꿈이 "패배의 기억조차 갖지 못하고" 사라
지게 했다. 이제 시인은 혁명의 붉은 피 대신에 고로쇠의
맑은 피를 마시겠다고 한다. 고로쇠의 맑은 피란 무엇일
까? 푸른 깃발을 든, 땀을 흘리면 흘린 만큼 푸른 잎과 열
매를 맺고, 희망이라는 종착점은 없지만 패배나 절망 따위
는 없는 자연의 순환, 영원회귀 같은 것일까?

앞서 말한 것처럼 침묵의 사유는 수동성이 아니라 능
동성이고 역동성이다. 자연의 영원회귀는 동일한 반복이
아니라 생성의 반복이다. 나는 시인이 가진 장점과 단점
이 만나는 접점, 수동성과 능동성이 만나는 접점에 이미
지라는 능선이 있다는 생각을 해 본다. 그이의 시가 조금

은 심심하고, 조금은 평면적으로 느껴지는 이유가 이미지에 대한 사유가 더 깊어지지 않았기 때문이라는 생각을 해 본다.

분명 노동에 묶여 있고, 그 노동을 견디고 있는 자신에 대한 연민이 이번 시집에서는 더 도드라져 보인다. 그럼으로써 시인의 시는 노동의 심연으로 내려가지 못하고 이미지에 포획당하지 못하고 있는 것처럼 보인다. 그이의 시들이 분노하고, 절망하고, 초월하려는 몸부림을 보여주지 못하는 것은 시인이 그러하지 않기 때문이 아니라, 이미지들이 스스로 그러한 운동을 멈추었기 때문이 아닐까? 이미지들이 자기 운동을 하지 않는 것은 노동의 자장이 너무 강력한 힘을 미쳤기 때문이 아닐까?

이야기를 정리해보자. 나는 침묵의 사유가 공동의 사회 혹은 다수성多數性의 사회에 기초를 두어야 하며, 그것은 반드시 다시 그 사회로 연결되어야 한다고 생각하는 쪽이다. 마찬가지로 정제되지 않은 주장만 분분한 시는 혼탁할 뿐이고 반대로 사회로 되먹임되지 않은 침묵의 시는 공허할 따름이다. 물론 나는 지금 그 길을 찾지 못했고, 그리하여 최정 시인에게서 그 불가능의 가능성을 계속 찾아보려고 했다. 그럼에도 나는 최정 시인에게서 그 가능성의 불가능성을 발견하고 있다. 이 말이 그이의 시에 대한 나의 실망을 표현하는 것이라고 오해하지 말았으면 한다.

　최정 시인은 충분히 좋은 시인이고, 앞으로 더 많은 가능성이 있는 시인이다. 그리고 우리가 발견하고 지지해 주어야 할 시인이다. 하지만 이것만으로는 너무 추상적이고 심심하다. 이렇게 말해 보자. 최정 시인은 노동하는 수도자처럼 노동이라는 침묵의 사유를 통해 자연의 말을 듣는다. 그리고 그 말을 시로 기록함으로써 대부분의 우리가 가는 반대 방향에서 사회에 도달하고자 한다.

　그럼에도 나는 그이의 시가 아직 조금은 결핍되어 있고 침묵에 더 깊어져야 한다는 것, 노동을 통해 만나는 자연을 더 깊은 침묵의 사유로 만나야 한다는 주문을 했다. 나는 그것이 그이가 타인과 가장 잘 만나는 길이라고 생각한다.

　드문 일이긴 하지만, 이렇게 좋은 시인의 시를 만나는 것은 행복한 일이다. 그리고 그에 관한 글을 쓰는 일은(책 읽기와 글쓰기의 괴로움을 감내해야 하므로, 대체로!) 즐거운 일이다. 그리하여 이제는 최정 시인의 시들을 다른 지면들을 통해 반가움과 걱정스러움으로 만나게 될 것 같다.

시인의 말

처음에는 허리부터 뻐근하게 아프더니 어깨가 심하게 뭉쳤다. 손마디가 퉁퉁 붓고 허벅지 인대가 늘어나기도 했다. 농사를 배우겠다고 밭일을 시작했을 때 나타난 몸의 반란이었다. 육체노동으로 진입하는 길은 몸이 먼저 반응했다. 한바탕 몸살이 반복해 지나가며 일 근육이 서서히 붙기 시작했다. 그제야 내 머릿속에 가득했던, 나약하고 쓸모없던 먹물이 조금씩 빠져나가는 걸 느꼈다.

청송 작은 골짝 끝자락에 둥지를 틀게 된 것은 가장 큰 행운이었다. 작은 골짝의 품에 안겨 받은 위로가 나를 살렸다. 농사일을 하며 몸이 느끼는 대로 생활하는 단순한 삶의 일부가 때로 시가 되기도 했다. 시를 모아 놓고 보니 수년의 농사를 통해 얻은 깨달음이 한참 낮아 그저 부끄럽기만 하다. 이 시들의 주인은 흙과 풀들이다.

*

기꺼이 발문을 맡아주신 노태맹 시인을 비롯하여, 보잘 것없는 시들을 묶어주신 출판사 관계자 분들께 감사드립니다. 또한 추천사를 통해 크게 격려해주신 최원식 선생님께 감사의 말씀을 올립니다.

제가 생산한 농산물을 맛있게 드셔서 농사로 생존할 수 있도록 도움을 주신 모든 분들께 고마움을 전하고 싶습니다. 일일이 열거할 수 없지만, 어설프게 도전한 농부의 삶을 걱정해주고 응원해준 분들이 있었기에 산골 생활을 이어갈 수 있었습니다. 어느 날 슬그머니 골짝에 들어와 살고 있는 저에게, 어쩌다 마주쳐도 반갑게 웃어주시던, 마을의 모든 분들께 이 자리를 빌려 감사의 말씀을 드립니다.

저의 누추한 산골 농사 이야기들이 귀한 먹거리를 생산하고 육체노동의 숭고함을 이어가는, 이 땅의 농민들께 누가 되지 않기를 바랄 뿐입니다.

청송 작은 골짝 거두산 아래에서
2019년 가을, 최정

최정 시집
푸른 돌밭

초판 1쇄 발행 2019년 11월 11일
초판 2쇄 발행 2021년 2월 1일

지은이 최정
펴낸이 오은지
책임편집 변홍철
펴낸곳 도서출판 한티재 등록 2010년 4월 12일 제2010-000010호
주소 42087 대구시 수성구 달구벌대로 492길 15
전화 053-743-8368 팩스 053-743-8367
전자우편 hantibooks@gmail.com 블로그 www.hantibooks.com

ⓒ 최정 2019
ISBN 979-11-90178-21-1 03810

이 도서의 국립중앙도서관 출판예정도서목록(CIP)은 서지정보유통지원시스템 홈페이
지(http://seoji.nl.go.kr)와 국가자료공동목록시스템(http://www.nl.go.kr/kolisnet)
에서 이용하실 수 있습니다. (CIP제어번호: CIP2019042768)